目录

一、速写考试必读

对于面临高考的美术考生而言，在拿到考卷之前要调整心态。有一个良好的应试心态是非常重要的。其实美术考试和平时课堂练习并无两样，只要调整心态，心平气和地面对考试，就能正常或超常发挥出自己的水平。但是机遇是给有准备的人的，要想考出优异的成绩还要有正确而勤奋的练习。首先，在班级或是年级中找出自己的名次。经常和比自己画得出色的同学或老师讨论和请教。吸取别人的优点，弥补不足。给自己定下短期目标，勤学苦练，在面临高考的忙碌时间里挤出时间，哪怕是一会儿功夫也要练习，让自己手感上处于颠峰状态。多研究些大师和各大院校的风格范画和理论知识，分析并总结经验。最后，放松心情，迎接考试，切勿急躁！

速写与慢写是每年绝大多数艺术院校考试的必考内容。学好速写与慢写也是广大考生学好素描甚至色彩的基础。下面讲一下考试速写与慢写的重点与难点：

第一，选好角度后，认真观察对象造型位置并分析构图，使人物在画面中处于合理的位置。重点：构图是整幅画的开始也是最重要的一个环节，好的构图是成功作品的一半。例如：五官朝向的空间一定不能过紧，要比背面空间大些，上下空间要有重点。总而言之，构图的效果要让人体最主要的部分放在最明显的地方。

第二，分析动态与结构，画出大体的动态关系。重点：分析人物动态的走向。深刻理解人体解剖与人体各个关节肌肉的活动范围和形状。同时，不同的人物穿着、相貌、身材、气质不同，用线上也会有区别。难点：人物的结构与解剖。动态地把握人物精神面貌的表现，每个人形象的差异，也就是结构的不同，是人物的特点所在。如：面部整体的大小、宽窄，身材的胖瘦，性别与年龄的差异等等，将这些都是人物速写要特别注意的因素。

第三，刻画。从头部开始，根据动态比例关系，逐步向下推移刻画。在刻画的同时必须注意用线的轻、重、缓、急，随着人体的走式表现虚实关系，以比较的眼光塑造形体 。找出骨点、肌肉和衣服的关系，线条的疏密、虚实要错落有致，突出主要的。重点：要注意对象的年龄、性别、身份以及表情、精神面貌的特点。用不同的笔道画出轻、重、缓、急，把握画面节奏。不时的放眼整个画面与对象比较，找出不足。难点：观察方法。刻画某位置时要与其它多处位置比较进行。在头脑中永远记着人物是一个立体的，而不是平面。把握前后关系，每个地方都是不同的，要细心观察分析，做到眼、脑、手一体化。

第四，调整并完成。刻画之后，画面已经基本完成，这个时候一定要认真分析对象，从整体到局部，并且整个画面各个地方交叉比较。难点：这时考试时间已经接近尾声。发现画面有不足或是有错误的，考生千万不要急躁；没有发现不足并感觉良好的，也不能被将要到来的胜利冲昏了头脑。关键的时候到了，最后的冷静分析和调整也许能让你金榜提名，一时的疏忽大意就可能使你名落孙山。所以，千万不能粗心大意。

根据高考特点，建议广大考生：考前调整心态，交叉比较画面，细心观察形体，冷静谨慎对待。最后预祝广大考生捷报连连！

女青年

二、速写原理

初学者在开始准备画速写时，首先可能考虑的是用什么工具最好。我认为，诸多工具中铅笔用起来更易于掌握，线条有变化，层次丰富而细腻，便于深入刻画。钢笔和圆珠笔的线条没有浓淡变化，落笔之后无法修改，这需要造型确，下笔肯定。虽然较铅笔难于掌握，但更能培养自信和提高用笔能力。

所以我建议即使用铅笔也要尽量不用橡皮去擦。反复修改和擦动不仅不利于锻炼准确的造型能力而且画出来的速呆板不生动。

所以画速写要养成肯定用笔的习惯，即使一条线给画错了也没关系，再画一条好了。有时画面中出现了重复错误线条，非但不影响画面效果反而使它更生动、丰富、鲜活。在学习速写前，先欣赏、借鉴一些较成功的作品，以便从领会作者的表现手法和不同风貌作品的表现力。

1. 学习速写的方法

（1） 多临摹

对优秀作品的临摹，是初学绘画者最快捷简便的学习方法。通过临摹，一方面可做为训练造型能力的手段，另一面更重要的是学习其表现方法，应用在以后的学习中。

（2） 熟生巧

速写的工具较为简单，利用速写本可以随时随地记录生活的每一个侧面。只有多画多练才能提高专业水平。

（3）勤用脑

学习绘画是一种艰辛的劳动，画速写决不是照抄对象。所以，在速写写生中应注意多动脑，结合优秀示范作品认真对照思索。

（4）由慢到快

速写训练要遵循人们的认识规律，由慢到快。慢，是指以较慢的速度将对象较准确地记录下来，形体的准确是重要的。但速写又有一定的时间限制，速度只能在速写实践中逐步锻炼培养。

2. 速写的主要表现形式

（1）以线为主的速写

在表现物象的过程中，从结构出发，将物象的形体转折、变化、运动和质感用概括简练的线条表现出来。它应具备造型严谨，形态自然生动，线条运用得当，整体效果好等特点。它通过线的轻、重、缓、急的变化表达主次关系、空间关系。

（2）以线为主，线面结合的速写

以线为主，线面结合的速写表现形式，在写生中，通过对部分明暗交界线及暗部、衣纹处调子的补充添加，来表现物体，其特点是层次丰富，表现力强。

3. 线的运用

（1）线的穿插

表现好线与线之间的穿插和呼应关系，是使画面富有节奏感的重要因素。同时，线的穿插呼应关系和透视关系对表现物象的空间感、层次感起着重要的作用。

不同方向的线组织穿插，给人前后方向感是不一样的，它可以直接表现物体的透视方向。但速写又不同等于线描，如果每一处的刻画都像线描一样那么注意衣纹，线与线之间的穿插呼应又失去了速写富有节奏、流畅淋漓的韵味。

（2）线的取舍提炼与对比

速写训练中，基本形肯定之后，对于线的处理应注意以下几点：

①注意用线的疏密关系，不能把线平均地排列出来，要抓住重点，使画面有节奏感。

②贴近结构的线要画得实，反之要画得虚。在一条胳膊上的线条，虚实要有区分，所以四肢乃至全身的用线都要有虚实关系，才能牢牢抓住空间关系。

在素描中，通过对比发现形体比例、透视关系的正确与否。而速写中强调在形体比例、动态、透视等几方面准确的前提下，利用和强调线的对比，通常有以下几种对比手法：

线的曲直对比、线的浓淡对比、线的虚实对比、线的长短对比、线的疏密对比、线的粗细对比。总而言之，用线要有轻、重、缓、急之分。

（3）关于结构

速写的目的在于培养正确的观察方法及严格的造型能力。写生者必须具备扎实、熟练的人体解剖知识，这样在写生中才能做到游刃有余。人体的内部结构是没有变化的，变化的只有随着人体运动的动态、衣纹等。因此，线的

运用与结构有着密不可分的关系，要跟着形体的走势用线，表现方法要为表现结构服务。

4. 慢写人物画的基本方法步骤

在慢写人物画的训练中，为了更好地表现人物，我们可以在画慢写之前进行一个阶段的人物小型头像写生，头像不一定画得太大，只10公分左右就可以了。另外，还应进行手与脚的单独写生训练，因为在速写中头与手是非常重要的部分，须重点刻画。

（1）整体观察、熟悉对象

整体观察对象，掌握对象的形体、比例、运动特征，从这些基本点着眼来观察分析对象。初步酝酿成熟后，头脑中应出现画好之后的人体效果，而这个反应是很快的，我们不妨叫它“成竹在胸”。

（2）构图布局

根据选择的角度，把写生对象安排在画面最醒目的位置。将对象大比例和动态画出。

（3）落幅定形

轻轻落笔。从整体出发，用长直线或长弧线很快确定大的基本形体，抓住大的形体动态的比例关系及透视关系。基本形体抓住之后，进一步检查画面是否需进一步调整，可将画面推远，从整体检查形体比例、动态、透视是否准确无误。写生中，检查、调整、修改应贯穿始终，可以说，作画过程是一个不断调整、不断修改、不断完善的过程。

(4) 局部肯定

在基本形体确定的基础上，从局部开始塑造。一般从头部画起，用准确肯定的笔触开始描绘对象的五官形象，从上到下，将对象的手及身体轮廓、衣纹等做进一步刻画。这里应注意手、脚的透视方向，头发部分不要画得太早。对衣纹部分的处理应该注意几种对比变化，即浓淡、虚实、粗细、曲直、长短、疏密等对比。

在对头、肩、手、脚刻画时应注意其内部结构关系。

(5) 调整完成

整体－局部－整体，在作画时应始终把握这一原则。局部肯定之后，继续回到整体，该加强的加强，该削弱的削弱，重点刻画之处一定要刻画细致入微。

头发应画出其蓬松之感，手要注意关节处刻画。对一些小饰物的刻画，不宜太重、太多，应该根据需要将部分衣服饰物省略掉，以免造成画面琐碎之感，对衣服的缝制线不宜画得太重。总之，在作画时应时时把握整体，从整体出发，不断调整、修改，直至最后完成。

慢写是画好速写的关键，速写又促使慢写提高，二者相辅相成。

5. 速写用线讲究

（1）用线要贯连、整洁，忌断、忌碎。
（2）用线要中肯、朴实，忌浮、忌滑。
（3）用线要活泼、松灵，忌死、忌板。
（4）用线要有力度、结实，忌轻飘、柔弱。
（5）用线要有变化，刚柔相济、虚实相间。
（6）用线要有节奏，抑扬顿挫、起伏跌宕。

6. 速写的好处

速写能为创作收集大量素材，好的速写本身就是一幅完美的艺术品。

速写能提高我们对形象的记忆能力和默写能力。

速写能探索和培养具有独特个性的绘画风格。

经常练习速写，能使我们迅速掌握人体的基本结构，熟练地画出人物的动态及神态，对创作构图安排和情节内容的组织会有很大的帮助。

速写能培养我们敏锐的观察能力，使我们善于捕捉生活中美好的瞬间。

速写能培养我们的绘画概括能力，使我们能在短暂的时间内画出对象的特征。

三、步骤

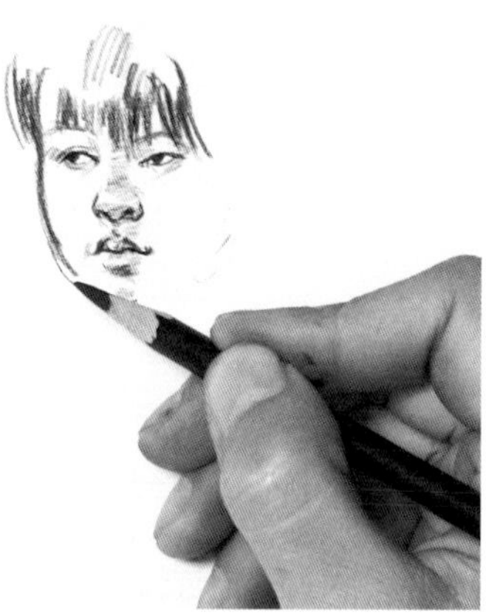

从头部开始，先画出五官并注意整体构图（注意头发的走势，五官的形体与比例）。

注意衣物褶皱的转折要和形体贴切。

手部要和脸部呼应。

注意腿部刻画时要和上衣区分，并要注意双腿的前后关系。

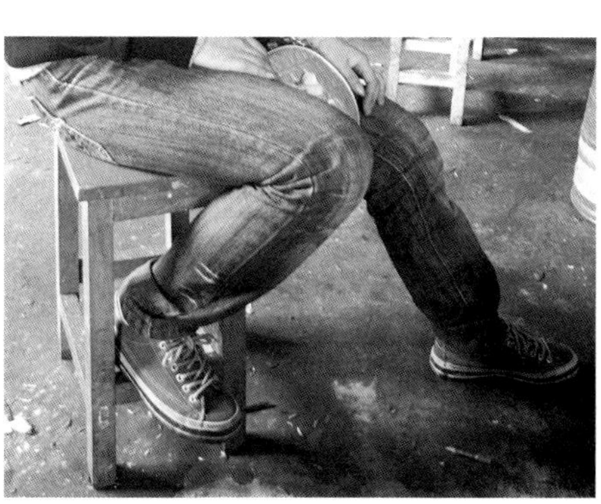

整体调整并完成。

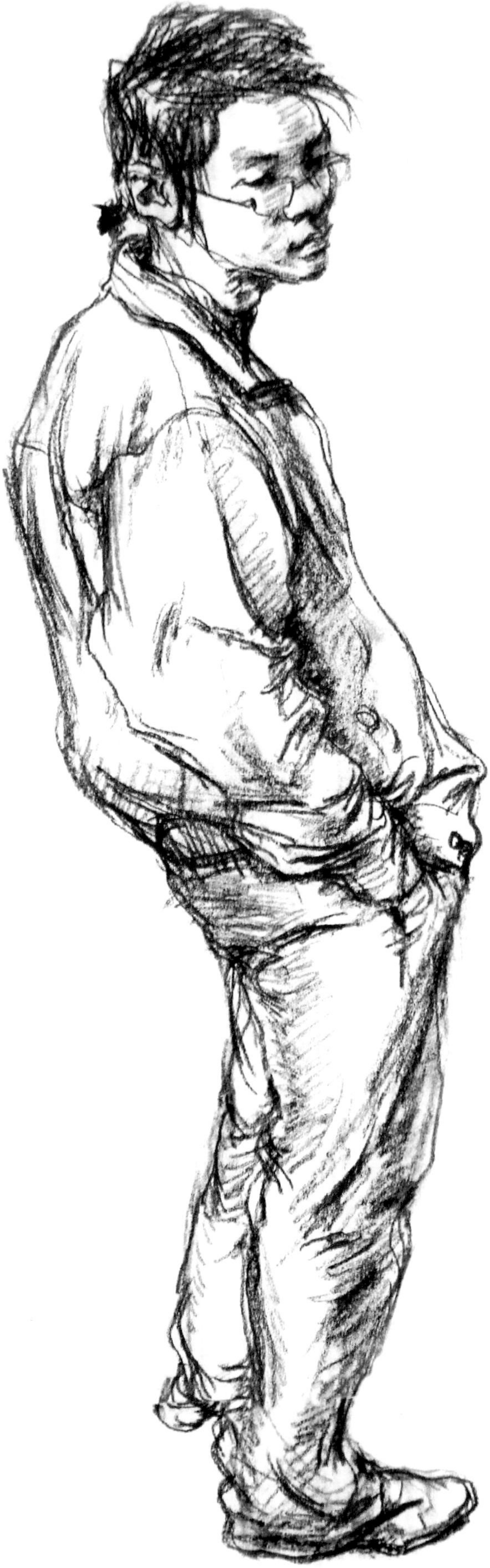

男青年

一、从头部开始，先画出五官并注意整体构图。

二、推画衣服，注意线条区分与前后关系。

三、画到手时注意与脸部的呼应及其特点。

四、调整并完成，注意腿部线条的连贯性。

一、抓住人物特点及构图。

二、边构图边深入（适合有功底的学生）。

三、注意上下比例、透视与动态。

四、调整完成。

一、整体构图，注意透视。

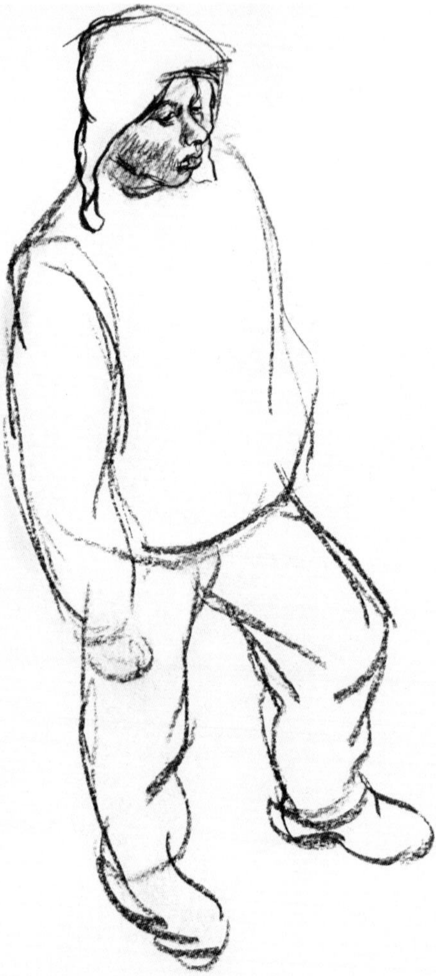

二、刻画头部，放松整体，主次分明。

三、注意裤子与上衣的线条区分。

四、整理线条并完成。

四、作品欣赏

男青年坐姿

全神贯注

女青年半身像

男青年半身像

少女

老人胸像

女同学

等车的老人

男青年

女青年

女青年

熟睡的人

男青年

女青年

男青年

男青年

中年

女青年

睡着的人

老兵

女青年

女青年

女青年

男青年

女同学

女青年

女青年

男青年

女青年